Die Gargolz:

Das sind lustige Geschöpfe aus Stein, die auf alten Gebäuden wohnen und Regenwasser aus der Dachrinne speien. Manchmal treiben sie Unfug und richten ein ziemliches Chaos an. Dann machen sie sich über die Dächer davon.

Ihr Name ist abgeleitet von dem Ausdruck „gargoyle". Das ist Englisch und bedeutet „Wasserspeier".

Gut gespukt ist halb gewonnen

Alle Gargolz-Abenteuer:

Band 1: Unverhofft kommt oft

Band 2: Nur Unsinn im Sinn

Band 3: Nachts sind alle Monster grau

Band 4: Ein Monster kommt selten allein

Band 5: Gruseln für Anfänger

Band 6: Gut gespukt ist halb gewonnen

Burchett & Vogler

Gut gespukt ist halb gewonnen

Mit Illustrationen
von Leighton Noyes

Arena

Die Originalausgabe erschien 2010 unter dem Titel
„Gargoylz – Have Fun at the Fair“ bei Red Fox, einem Imprint von
Random House Children’s Books, 61-63 Uxbridge Road,
London W5 5SA, Großbritannien

Die Serie wurde entwickelt von Amber Caravéo.

FSC
www.fsc.org
MIX
Papier aus verantwortungsvollen Quellen
FSC® C022125

1. Auflage 2012

Übersetzung aus dem Englischen: Monika Hofko
Einbandillustration: Alexander von Knorre
Gesamtherstellung: Westermann Druck Zwickau GmbH
ISBN 978-3-401-70100-4

www.arena-verlag.de

Für Theo Robinson, einen der allerersten Gargolz-Fans

Burchett & Vogler

Für Jake – ein kleines Äffchen ersten Ranges

Leighton Noyes

Oldfield-Grundschule

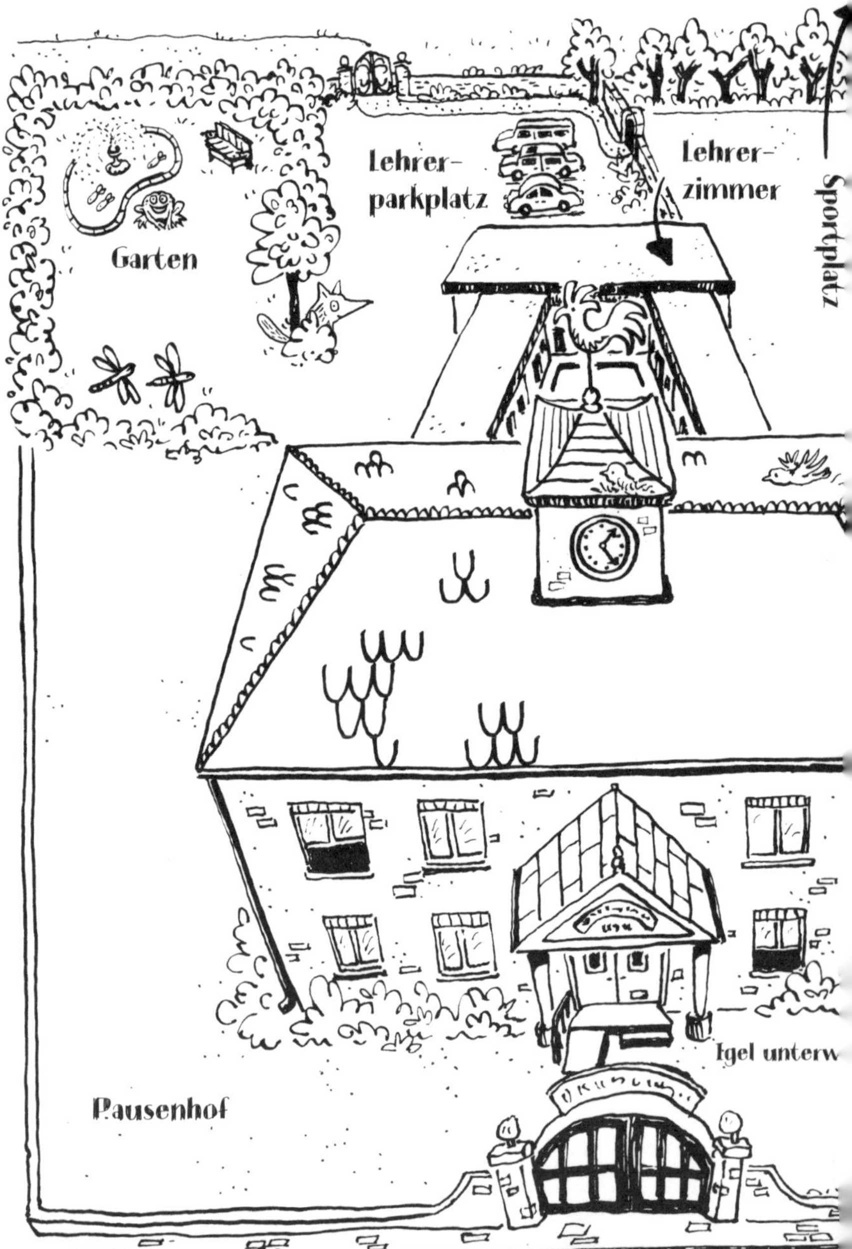

Sankt-Markus-Kirche

Beurteilung: Max Black
Gefehlt: 0 Tage
Zu spät gekommen: 0 Tage

Max hat keinerlei Scheu, einen Beitrag zum Geschichtsunterricht zu leisten. Als er uns mithilfe eines Besens und eines Eimers gezeigt hat, wie ein Rammbock funktioniert, war das sehr realistisch. Das daraus resultierende Loch in der Tür dagegen war nicht gerade ideal. Ich bin etwas besorgt darüber, dass Max anscheinend nur mit Ben Neal spielt, aber er hat mir versichert, dass er eine Menge Freunde in der örtlichen Kirche hat.

Miss Margret Bleet – Klassenlehrerin

Max Blacks Betragen in diesem Jahr war unerhört. Er hat wiederholt gegen Schulregel Nummer 739 verstoßen: Jungen sollen während der Versammlung keine Witze erzählen. Und er heckt immer noch Streiche mit Ben Neal aus. Mrs* Pumpkin fehlt nach dem Zwischenfall mit dem explodierenden Farbtopf immer noch. Und Mrs Simmer, die Schulköchin, sagt, der Fleischwolf ist nicht mehr derselbe, seit Max ihn mit seinem Mathetest gefüttert hat.

Agatha Hogsbottom – Schulleiterin

*„Mrs“ ist eine englische Abkürzung und wird so ausgesprochen: „misis“. Übersetzt heißt das: „Frau“.

Beurteilung: Ben Neal
Gefehlt: 0 Tage
Zu spät gekommen: 0 Tage

Ben war dieses Jahr sehr erfinderisch in Sport. Sein Versuch, auf einem Hochseil durch die Halle zu balancieren, war allerdings ein wenig gefährlich – und er hat dabei alle Springseile aufgebraucht. Während des Unterrichts schaut er viel zu oft aus dem Fenster und winkt den Grabsteinen auf dem Kirchhof zu.

Miss Margret Bleet – Klassenlehrerin

Ben Neal ist immer höflich, aber ich mache mir große Sorgen wegen seines Rucksacks. Der sieht oft sehr voll aus – und zwar nicht mit Schulbüchern, da bin ich mir sicher. Manchmal hat man den Eindruck, als würde er sich winden und krümmen. Ich habe den Verdacht, dass er irgendein Haustier drinhat. Falls ja, dann ist das unerhört, und es wird Ärger geben.

Agatha Hogsbottom – Schulleiterin

Inhalt

1. Ein starkes Stück

„Freitagabend und Zeit für die Kirmes!“, rief Max Black, sprang in seine imaginäre Spionage-Rakete und sauste aus der Eingangstür von Bens Haus. „Machen wir, dass wir schnell dahin kommen, Agent Neal.“

Die ganze Woche über hatten Max und sein bester Freund Ben Neal zugeschaut, wie die Fahrgeschäfte und Naschbuden der diesjährigen Kirmes auf der Dorfwiese aufgebaut wurden. Und heute Abend war Eröffnung!

„Nicht so schnell, Agent Black“, sagte Ben. „Wir müssen noch auf meine

Schwester und ihre dämliche Freundin warten. Die sind immer noch oben und frisieren sich die Haare."

„Arabella und Charlotte sollten es so machen wie ich", sagte Max und fuhr sich mit den Händen durch seine stacheligen braunen Haare. „Siehst du? Fertig!"

„Wenn meine Mum doch bloß nicht gesagt hätte, dass wir alle zusammen gehen müssen", stöhnte Ben. „Igitt! Ich hoffe, niemand sieht uns mit den Mädchen."

In diesem Augenblick hörten die Jungen ein in den Ohren schmerzendes „Tsii-hii-hii-hii-hii-hii!".

Max' Spionage-Radar erwachte zum Leben. Rosa Rüschen, vorstehende Zähne und ein Lachen, dass einem fast das Trommelfell platzte. Er wusste, wer das war. Das war die feindliche Agentin

Charlotte Boggs,
Code-Name: Grässliche Kichertante.

„Ihr Gekicher ist lauter als ein Feueralarm!“, klagte Ben. „Alle werden uns anglotzen.“

„Keine Sorge, Agent Neal“, flüsterte Max, während sie hinter Mrs Neal und den Mädchen die Straße entlangtrotteten. „Superspione wie wir haben sie auf der Kirmes schnell abgeschüttelt.“

Endlich kamen sie beim Ticketschalter an. „Cool!“, rief Ben und blickte auf die hell blitzenden Lichter der Fahrgeschäfte.

„Zuckerwatte!“, seufzte Max, als der klebrig süße Duft um sie herumwaberte. „Lecker!“

Mrs Neal bezahlte das Eintrittsgeld, und sie bekamen einen Stempel mit einem großen roten Rad auf die Hand.

„Jetzt können wir mit jedem Gerät fahren“, sagte Ben. „Und zum Glück ist noch kaum jemand da, also müssen wir nicht Schlange stehen.“

„Wir fangen mit dem Karussell an“, sagte Arabella herrisch und zeigte entschieden mit dem Finger auf die leuchtenden Pferde, die langsam auf und nieder wippten.

„Tsii-hii-hii-hii-hii-hii“, kicherte Charlotte. „Das wird lustig!“

„Total öde!“, knurrte Max.

„Mädchenkram!“, fügte Ben hinzu.

„Schauen wir mal, wo die Geisterbahn ist!“, schlug Max vor. „Ich will mit was Gruseligem fahren.“

Ben nickte. „Coole Wahl!“

„Wir fangen mit dem Karussell an“, sagte Mrs Neal. „Arabella hat schließlich zuerst gefragt. Ihr könnt das nächste aussuchen, Jungs.“

Arabella grinste, und Charlotte kicherte wieder. Ben schaute Max entsetzt an. Sie würden also tatsächlich während der ganzen Kirmes bei den Mädchen bleiben – und die grässliche Kichertante erdulden müssen.

„Einverstanden“, sagte Max zu Bens Erstaunen. „Solange ihr zwei nichts dagegen habt, dass ich euch vollkotze. Karussells machen mich nämlich krank.“

Charlotte hielt mitten in ihrem Gekicher inne, und Arabellas Augen weiteten sich vor Ekel.

„Also gut“, sagte Mrs Neal schnell. „Ihr Mädchen geht zum Karussell – und Jungs, ihr könnt zur Geisterbahn gehen.“ Max und Ben klatschten sich ab. „Aber macht keinen Unsinn“, schärfte sie ihnen ein. „Ich behalte euch im Auge.“

„Guter Einfall, Agent Black“, bemerkte Ben, als er und Max durch die Menge davonstürmten.

„Die nerven uns nicht mehr, Agent

Neal“, antwortete Max. „Mach dich klar für die Todesgefahr!“

Sie sausten vorbei am Autoscooter, flitzten um den Stand für das Ringe-Werfen herum und blieben vor der Geisterbahn stehen.

„Das soll sie sein?“, sagte Max voller Abscheu.

An den Wänden blätterte die braune Farbe ab, und ein paar Spinnweben hingen schlaff daran herunter. Eine Plastikspinne mit sechs Beinen baumelte kläglich über dem Eingang. Auf dem Schild darüber stand: ERSCHRECKEN SIE SICH ZU TODE.

Von innen drang ein hoher, wimmernder Ton heraus.

„Das ist ja schwach!“, rief Max. „Das klingt ja wie eine Maus mit Zahnweh!“

Während er das sagte, ging eine Seitentür auf, und jemand in einem zerschlissenen weißen Laken mit zwei Löchern für die Augen trat heraus.

„Wenn das ein Geist ist, dann bin ich ein Kürbis“, stöhnte Ben.

„Wir dürfen uns nichts vormachen lassen“, sagte Max. „Ich wette, dass die Kirmes-Leute bloß so tun, als ob es nicht gruselig wäre, damit wir uns dann bei unserer ersten Fahrt erst recht zu Tode erschrecken.“

Bens Stimmung hellte sich sofort auf. „Vielleicht hast du recht. Und das Ding sieht tatsächlich so alt aus, dass man denken könnte, es gäbe richtige Geister!“, sagte er. „Komm, wir probieren es aus.“

Die Jungen flitzten zu dem Häuschen am Einlass, zeigten ihren Stempel auf dem Handrücken vor und sprangen in den vordersten Wagen. Die anderen Wagen waren alle leer. Die Flügel einer Schwingtür klappten auf, und sie

ERSCHRECKEN SIE SICH ZU TODE!
ENTER

rumpelten langsam in einen dunklen Tunnel. Ein schwächlicher Schrei krächzte aus einem Lautsprecher über ihnen, und ein Geist an einem Stab erschien neben ihnen. Hinter der ersten Biegung ging ein Sargdeckel ganz langsam auf, und ein Vampir, dem ein Reißzahn fehlte, kam heraus und winkte. Sie konnten die Schnüre sehen.

„Total öde!“, sagte Max gelangweilt.

Der Wagen ruckelte langsam weiter. Dann wurde es pechschwarz um sie herum, und ein tiefes, hohles Lachen hallte durch das Dunkel. Ein Scheinwerfer ging an, und vor ihnen stand ein riesiges, schimmernd weißes Skelett.

„Endlich!“, schrie Max voller Freude. „Jetzt wird's gruselig!“

Doch Ben umklammerte den Sicherheitsbügel, und seine Augen waren so groß wie Untertassen.

„Was ist los?“, fragte Max, während das Skelett langsam auf sie zukam. „Hast du Angst, oder was?“

Ben schluckte. „Wenn das Gruselding zu der Geisterbahn gehört, wie kommt es dann, dass es auf den Schienen steht?“

Max erstarrte. Ben hatte recht. Das Skelett war genau vor ihnen – das

grässlich grinsende Gesicht und die langen klappernden Knochen leuchteten im Scheinwerferlicht. Und es wurde weder von Schnüren noch von Stäben bewegt! Es richtete seine leeren Augenhöhlen auf die Jungen und starrte sie lange und durchdringend an. Dann fuhr es mit seinen knöchernen Fingern hoch und nieder, als wollte es sie packen. Die Jungen schrien vor Entsetzen. Als Nächstes blitzte ein blendend helles Licht auf, und das Skelett trat neben die Schienen.

„Es lebt!“, krächzte Ben.

Und dann öffnete es den Mund und tönte mit tiefer, hallender Stimme: „Hallo, Max . . . Hallo, Ben . . .“

Die Jungs fielen fast aus dem Wagen, so weit beugten sie sich in die andere Richtung, während der Wagen langsam vorbeizuckelte. Aber sie trauten sich nicht, das Skelett aus den Augen zu lassen, bis sie um eine Ecke gebogen und außer Sicht waren.

„Hast du das gesehen?“, flüsterte Max.

„Es – es wusste, wie wir heißen!“, stammelte Ben. „Es kommt uns vielleicht nach!“

Plötzlich fiel etwas Schweres auf Max' Schulter. „Aaaaahhh!“, schrie er gellend und versuchte, aus dem Wagen zu springen. „Es hat mich erwischt!“

„Hilfe!“, wimmerte Ben. „Es greift uns an!“

„Grüüüße euch!“, ertönte da ein knurriges Schnurren.

Die Jungen sahen hoch und erblickten Toby, ihren Gargol-Freund, in dessen Augen der Schalk blitzte! Er hüpfte herunter auf Max’ Schoß.

„Wo kommst du denn jetzt her?“, keuchte Ben.

„Wegen dir haben wir uns jetzt schon wieder erschreckt!“, sagte Max.

„Wir haben vom Kirchenfirst aus gesehen, wie sie die Kirmes aufgebaut haben“, sagte Toby, flatterte mit den Flügeln und verzog aufgeregt sein äffchenartiges Gesicht. „Es sah aus, als könnte man hier ’ne

Menge Spaß haben, drum sind die meisten Gargolz vorbeigekommen."

Die Gargolz waren kleine, aus Stein gemeißelte Wesen, die auf der Kirche gleich neben der Schule der Jungen lebten. Max und Ben waren die einzigen Menschen, die wussten, dass sie lebendig waren. Und dass jeder von ihnen eine ganz spezielle Fähigkeit hatte – was ganz toll war, wenn man den Leuten einen Streich spielen wollte.

„Wir wollten uns den Spaß auf keinen Fall entgehen lassen", rief eine eifrige Stimme, und Ignaz sprang vorn in den Wagen. Theo landete neben ihm und wedelte freudig mit seinem gestreiften Schwanz.

„Ich würde lieber nicht hierbleiben", warnte Max sie. Er blickte sich nervös um. „Hier gibt es irgendwo ein echt gruseliges Skelett . . ."

Die Gargolz brachen in Lachen aus. Ignaz gluckste so sehr, dass er Feuer aus seiner Drachennase pustete.

„Das ist Rufus“, erklärte Toby. „Er ist unser Freund.“

„Euer Freund?“, wiederholte Max entsetzt.

„Wir haben gerade draußen gehört, wie ihr gesagt habt, dass die Geisterbahn nicht gruselig genug ist. Drum haben wir ihn gebeten auszuhelfen“, sagte Theo und stieß ein glückliches Miauuu aus. „Und es hat geklappt!“

„I-i-ihr habt einen Freund, der ein Skelett ist?“, japste Ben.

„Er ist ein Gargol . . .“, fing Theo an.

„. . . und seine Spezialität ist es, sich in ein Skelett zu verwandeln“, schloss Ignaz.

Die Jungen grinsten erleichtert.

„Coole Spezialität!“, rief Max. „Damit kann man bestimmt tolle Streiche spielen!“

Die Bahn fuhr an einer schlaffen Hexenpuppe mit kaputten Schnüren vorbei und ratterte weiter auf eine Doppeltüre zu. Dahinter konnten die Jungen das Tageslicht sehen. Die Fahrt war fast vorbei.

Die Gargolz hüpften hinaus und huschten davon. „Wir treffen uns hinter der Geisterbahn“, rief Toby noch über die Schulter zurück.

Als der Zug knirschend zum Stehen kam, sprangen Max und Ben aus dem Wagen und rannten nach hinten. Toby, Ignaz und Theo warteten schon auf sie.

„Darf ich vorstellen – Rufus!“, verkündete Theo.

Die morschen Bohlen auf der Rückseite

der Geisterbahn bewegten sich, und ein sehr seltsamer Gargol krabbelte heraus.

Rufus war größer als die anderen Gargolz, mit einer riesigen, warzigen Nase und dicken Pausbacken. Er hatte breite, gebeugte Schultern, und seine muskulösen Arme baumelten bis auf den Boden. „Äh, hallo“, sagten Ben und Max nervös.

Auf Rufus’ Gesicht zeigte sich ein breites, freundliches Grinsen. „Hallo!“, donnerte er dröhnend und winkte mit seiner rundlichen Hand. „Hat euch mein Trick gefallen?“

„Das war echt cool“, sagte Max.

„Es ist nicht leicht“, erklärte Rufus ihnen. „Aber es ist ganz nützlich, wenn man lästige Menschen verjagen will. Euch zwei natürlich nicht!“, fügte er hinzu und versetzte Max einen freundschaftlichen Knuff gegen den Arm, der ihn fast umwarf.

„Zeig ihnen, wie du dich in ein Skelett verwandelst“, sagte Theo. „Natürlich ist es längst nicht so erschreckend wie meine Verwandlung, wenn ich ein wilder Tiger werde“, fügte er hinzu. „Aber es ist trotzdem noch ziemlich verblüffend.“

Theo dachte immer noch, er würde ein wilder Tiger werden, wenn er seine Spezialität einsetzte und seine Gestalt veränderte. Aber er war noch ein sehr junger Gargol – erst 412 Jahre alt –, deswegen brachte er es immer nur zu einem süßen getigerten Kätzchen.

„Zurücktreten für eine spuktakuläre Darbietung", sagte Rufus und spannte seine kräftigen Muskeln an. Und dann zog er sich zusammen wie ein Ballon, aus dem man die Luft herauslässt. Vor ihren staunenden Augen wuchs er, wurde groß und dünn, und sein Stein schmolz dahin. Ein riesiges grinsendes Skelett ragte jetzt über den Jungen auf, klapperte mit den Knochen und knirschte mit den Zähnen. Max und Ben klatschten wie wild, als Rufus wieder zu einem Gargol zusammenschrumpfte und sich verbeugte.

„Wir müssen jetzt los“, sagte Toby und rieb sich die Pfoten. „Wir müssen einen Haufen Fahrgeschäfte ausprobieren.“

Und mit diesen Worten flitzten die Gargolz auch schon davon.

„Das klingt gut!“, rief Max. „Komm, das machen wir auch, Agent Neal.“

Sie schossen los zum Autoscooter und liefen geradewegs in die Arme von Arabella und Charlotte.

„Hallo“, sagte Arabella mit einem strahlenden Lächeln. Sie hielt irgendetwas hinter dem Rücken.

„Freut mich, dass wir euch gefunden haben. Tsii-hii-hii-hii-hii!“ Charlottes Gekicher war noch lauter als sonst.

„Die haben irgendwas vor“, zischte Ben argwöhnisch.

„Na, wer hat sich denn da so erschreckt in dieser blöden kindischen Geisterbahn?“, sagte Arabella zuckersüß.

„Die armen Kleinen!“, prustete Charlotte.

Den beiden Jungen klappte der Unterkiefer herunter. „Woher wissen die das?“, murmelte Max in Bens Ohr.

Arabella zog ein Stück glänzendes Papier hinter dem Rücken hervor und wedelte damit vor ihnen herum. Max und Ben gafften darauf. Es war ein Foto von ihnen in der Geisterbahn – mit vor blankem Entsetzen weit aufgerissenem Mund.

„Das sind ja wir“, japste Ben.

„Dieses Licht zwischendurch muss das Blitzlicht von einem Fotoapparat gewesen sein“, krächzte Max. Er sprang vor, um das peinliche Bild zu schnappen.

Aber Bens Schwester war schneller. Sie riss es weg und hüpfte davon in das quirlige Schminkzelt. Charlotte streckte ihnen die Zunge heraus, flitzte ihr hinterher und kicherte die ganze Zeit.

„Da drin können wir es uns nicht holen", stöhnte Ben. „Sonst sieht es noch jemand."

„Das ist total unfair, Agent Neal", sagte Max, als sie davonschlichen. „Auf dem Foto sieht man das supergruselige Skelett nicht. Jeder hätte sich vor dem erschrocken."

„Das stimmt", bestätigte Ben und schaute finster drein. „Aber Mädchen kümmern sich um so was nicht. Das übersteigt ihre Logik! Was wir brauchen, Agent Black, ist ein Geheimplan: Wie wir unser Eigentum zurückerobern!"

„Dazu braucht es eine Menge Überlegung“, sagte Max. Er deutete auf das Teetassen-Karussell. „Und das ist genau der richtige Ort dafür. Wenn ich mich drehe, funktioniert mein Hirn besser.“

Die Jungen rasten hinüber und kletterten in eine Teetasse. Als das Karussell Fahrt aufnahm und die Tassen sich zu drehen begannen, hörten die Jungen ein knurrendes Lachen zwischen der Musik. Eine getupfte Tasse schoss vorbei, und sie erhaschten einen Blick auf drei fröhliche steinfarbene Wesen, die sich darin herumkugelten.

„Noch ein paar Gargolz!“, rief Ben begeistert. „Da ist Zack . . . und Severin . . . und Eli auch! Ich kann die Schlangen auf seinem Kopf sehen – die sind ganz zusammengeknäuelt.“

„Jetzt, wo ich Severin sehe, kommt mir eine Idee für unseren Geheimplan“, sagte Max geheimnisvoll.

Sobald die Fahrt zu Ende war, folgten die Jungen ihren drei steinernen Freunden hinter den Schießstand.

„Ihr müsst uns helfen, Bens Schwester und ihrer bescheuerten Freundin einen Streich zu spielen“, sagte Max.

„Jippiiie!“, riefen die Gargolz. „Wir lieben Streiche.“

Max erzählte ihnen von dem Foto. „Da könnt ihr mal sehen, wie gemein Mädchen sind“, erklärte er.

„Wir wollen unser Eigentum von ihnen zurück“, fügte Ben hinzu.

Severin bog seine langen, scharfen Krallen und setzte sein wildestes Gesicht auf. „Ich werde ihnen Angst einjagen“, knurrte er drohend.

„Mädchen erschrecken! Mädchen erschrecken!“, sang Zack und schüttelte aufgeregt seine Mähne, während Elis Schlangen sich vor Vergnügen wanden.

„Ich weiß noch was Besseres“, sagte Max, dem Severins besondere Gabe einfiel. „Sie sind im Schminkzelt. Wenn Severin sie in den Schlaf singt, dann malen wir selber ihnen das Gesicht an und sorgen dafür, dass sie richtig hässlich aussehen!“

„Na ja“, fügte Ben hinzu, „noch hässlicher als sonst jedenfalls.“

„Severin, du verwandelst dich in Stein, und dann nehme ich dich unter den Arm“, sagte Max. „So denken alle, du bist ein Preis, den ich an einem Stand gewonnen habe.“

„Wir helfen beim Anmalen“, sagte Eli. „Ich verwandle mich in eine Blindschleiche und schlängle mich hinein. Dann sieht man mich nicht.“

„Ich mach mich unsichtbar!“, schrie Zack und verschwand mit einem aufgeregten **Plopp!**

Severin erstarrte zu Stein, Max hob ihn

auf und marschierte schnurstracks in das Zelt. Ben folgte ihm.

Arabella und Charlotte saßen da und hatten wunderhübsche Schmetterlingsflügel auf die Wangen gemalt.

„Was hast du da?“, fragte Arabella und starrte auf Severin. „Das ist echt hässlich.“

„Tsii-hii-hii-hii-hii!“, kicherte Charlotte.

Max spürte, wie Severin verärgert zuckte. „Das habe ich gewonnen“, sagte er und ließ den finster dreinblickenden Gargol in Arabellas Schoß plumpsen.

„Wenn du auf seinen Bauch drückst, dann singt er.“

Arabella stupste Severin heftig. Ben und Max steckten sich schnell die Finger in die Ohren. Sie wussten, dass Severins Fähigkeit bei allen wirkte, die ihn singen hörten. Severin breitete die Arme aus, öffnete den Mund und sang mit ganz hoher Stimme ein wunderschönes Schlaflied. Bald hallte ein Schnarchen durch das ganze Zelt.

Zack tauchte mit einem **Plopp!** plötzlich

auf, und Eli verwandelte sich von einer Blindschleiche wieder zurück in einen Gargol. Dann hechteten sie alle kopfüber in die Schachtel mit den Schminkfarben.

„Beeilen wir uns lieber, bevor sie aufwachen“, sagte Max.

„Lass dir ruhig Zeit“, knurrte Severin. „Mein Lied hat es in sich – die schlafen garantiert die ganze Nacht.“

„Er gibt bloß an wie immer“, rief Eli ihnen in Erinnerung. „Es dauert zehn Minuten, aller-aller-höchstens.“

Ben zog dicke schwarze Kreise um die Augen seiner Schwester und malte eine große, gezackte Narbe quer über ihre Wange. Max bemalte Charlottes Gesicht mit grüner Farbe.

Dann zog er lange weiße Reißzähne von ihrem Mund nach unten. Die Gargolz kleckten den Mädchen bunte Flecken auf die Nase.

„Ach du spuckende Dachrinne!“, sagte Severin. „Wir haben ganze Arbeit geleistet.“

„Sie sehen aus wie aus einem Horrorfilm“, stimmte Ben begeistert zu. „Das wird ihnen ganz schön peinlich sein. Schade, dass wir keine Kamera haben.“

„Gruselmädchen! Gruselmädchen!“, posaunte Zack übermütig.

Die Schlangen auf Elis Kopf zischten vor Lachen.

„Schauen wir mal, ob wir unser Geisterbahnfoto finden, bevor sie aufwachen“, riet Max.

Ben fing an, Arabellas Taschen zu durchwühlen. „Keine Spur davon . . .“, sagte er.

Arabella gähnte und streckte sich.

„Sie wachen auf“, rief Max warnend. „Verstecken!“

Max, Ben und die Gargolz duckten sich hastig hinter einen Stuhl.

Arabella schlug die Augen auf und schaute sich schläfrig um. Dann erblickte sie sich selbst im Spiegel. „Bääääähhh!“, schrie sie.

Charlotte schreckte aus dem Schlaf hoch und starrte ihre Freundin entsetzt an. „Dein Gesicht!“, quäkte sie.

Arabella glotzte sie an. „Und deins erst!“

Sie schauten zusammen in den Spiegel.

„Bäääähhh!“, kreischten sie.

Max und Ben und die Gargolz krochen unter der Zeltwand durch, warfen sich übereinander und wollten sich ausschütten vor Lachen.

„Danke, Gargolz!“, sagte Ben. „Ohne euch hätten wir das nicht geschafft.“

„So viel Spaß habe ich nicht mehr gehabt“, gluckste Eli, „seit Zack den Pfarrer mit Tupfen bemalt hat, und der dachte, er hätte die Masern!“

7. Süße Überraschung

Die Kirmes war in vollem Gange, als die Jungen das Schminkzelt verließen.

„Ich glaube, wir machen den restlichen Abend lieber einen Bogen um Arabella und Charlotte“, sagte Max. „Bloß für den Fall, dass sie rauskriegen, wer hinter der Monster-Schminkaktion steckt.“

„Einverstanden“, sagte Ben. „Mit was sollen wir als Nächstes fahren?“

„Hisst die Schwarze Flagge!“

Die Jungen fuhren herum. Ein riesiges Piratenschiff schaukelte vor und zurück, höher und höher. Etwas Steinartiges thronte ganz oben auf dem Mast.

Max drehte sein Spionage-Radar voll auf: gebogener Schnabel, kleine, durchdringende Augen, gefiederter Kopf. Er wusste, wer das war. Das war Jacob, ihr Gargol-Freund. Jacob sah aus wie eine Mischung aus einem Adler und einem Papagei, und er benahm sich wie der wildeste Pirat der sieben Meere.

„Nicht so laut, ihr schändlichen Schiffskameraden“, krächzte Jacob die Leute in dem Gefährt an, die vor Vergnügen laut schrien, als die Fahrt schneller wurde.

„Der Papagei sieht ja lustig aus!“, sagte eine Frau, die in der Nähe stand.

„Sieht fast echt aus“, antwortete ihre Freundin. „Wie sie das wohl gemacht haben, dass er spricht?“

„Alle glauben, er gehört zur Fahrt dazu!“, flüsterte Ben begeistert.

Als das Schiff anhielt, kletterten die Jungen als Erste an Bord. Sie winkten zu Jacob hinauf, bevor alle anderen einstiegen.

„Warne uns, wenn du meine Mum kommen siehst“, rief Ben schnell hinauf. „Oder meine Schwester und ihre gackernde Freundin. Du kannst sie nicht übersehen. Sie sehen aus wie Monster.“

„Ich werde Ausschau halten!“, versprach Jacob und hob einen Flügel, um seine Augen zu beschatten, während er über den Kirmesplatz spähte.

„Das ist toll!“, jauchzte Ben, als das hölzerne Schiff sich in Bewegung setzte.

„Cool!“, lachte Max. „Und wir sind sicher vor feindlichen Agenten, solange Jacob auf dem Ausguck ist.“

„Wal in Sicht!“, krächzte Jacob und zeigte mit einem Flügel in die Ferne. Ein paar Mitfahrer kicherten über den seltsam sprechenden Papagei.

Max und Ben untersuchten den Platz mit ihren Superspionage-Scannern – Codename: Augen. Mrs Neal marschierte durch die Menge – und sie sah sehr verärgert aus. Arabella und Charlotte klebten ihr an den Hacken.

„Deine Mutter muss dahintergekommen sein, dass **wir** die Mädchen angemalt haben“, stöhnte Max.

Die Jungen rutschten tiefer in ihre Sitze und versuchten, sich zu verstecken.

„Vielleicht sind sie schon weg, wenn wir aussteigen“, sagte Ben hoffnungsvoll.

Aber als sie aufstanden, um aus dem Schiff zu steigen, hörten sie eine laute, herrische Stimme sagen: „Was meinst du, wo sie sind?“

„Das ist Arabella!“, zischte Ben. „Schau, sie kommen hier entlang.“

„Weg hier!“, rief Max und packte seinen Freund am Arm. Die Jungen sprangen hinaus, flitzten durch die Menge und verschwanden in dem Aufgang zur Spiral-Rutsche. Sie stiegen die Treppe bis ganz nach oben, von wo aus sie Bens Mum und die ätzenden Mädchen sehen konnten, wie die gerade in die Geisterbahn spähten.

„Wir rutschen hinunter und schleichen uns davon, bevor sie hierherkommen“, sagte Ben.

„Ich würd da nicht runterrutschen, wenn ich ihr wär“, sagte eine verdrießliche Stimme.

Max starrte auf den Stapel Säcke oben neben der Rutschbahn. Ein kleiner rundlicher Gargol in einem Gladiatorenrock lugte zu ihnen heraus.

„Hallo, Bart!“ Max grinste. „Gefällt es dir auf der Kirmes?“

„Ja schon“, sagte Bart unglücklich, „bis ich hier heraufgekommen bin.“

„Was ist los?“, fragte Ben.

„Ich hab zu viel Angst, da runterzurutschen“, flüsterte Bart. „Es ist so hoch.“

„Aber du kletterst doch sonst über die ganze Kirche“, sagte Max und versuchte, nicht zu lachen. „Das ist noch viel höher.“

„Aber das hier ist spiralig“, erklärte Bart. „Ich mag nichts Spiraliges.“

„Jedenfalls kannst du nicht

hierbleiben“, sagte Ben. „Sonst sieht dich jemand.“ Weit unten sah er Arabella, die argwöhnisch zum Eingang der Spiral-Rutsche blickte. „Und wir müssen ganz schnell weg hier.“

„Komm mit uns runter“, schlug Max vor.

„Okay“, sagte Bart zweifelnd. „Aber es gefällt mir bestimmt nicht.“

„Ich geh als Erster.“ Ben packte einen Sack, schlüpfte hinein, nahm auf der Rutsche Platz und schoss aus dem Blickfeld. Max schlüpfte in seinen, und Bart versteckte sich darin.

„Bist du so weit?“, fragte Max.

Aus dem Sack ertönte ein Grunzen, und Max stieß sich ab.

„Huuuch!“, kreischte Bart, als sie die Rutsche hinunterbretterten.

„Juhuuu!“, schrie Max, als sie um die Kurven düsten.

„Ufff!“, keuchten die beiden, als sie unten auf der Landematte in Ben hineinknallten.

„Du kannst jetzt rauskommen, Bart“, sagte Max und steckte seinen Kopf in den Sack. „Hier ist niemand. Ich hoffe, du hattest nicht zu viel Angst.“

Bart hüpfte aus dem Sack und steuerte direkt wieder auf die Treppe zur Rutsche zu.

„Angst?“, rief er empört aus. „Du baumelndes Regenrohr, das hat noch mehr Spaß gemacht als damals – als wir die Schuhe des Pfarrers unten glatt poliert haben und er das Kirchenschiff entlanggeschlittert ist! Ich geh noch mal!“

Die Jungen brachen in Lachen aus.

„Ich komm mit“, sagte Ben eifrig, aber Max’ Spionage-Radar sprang an: wippende Rattenschwänze, geballte

Fäuste, ein Gesicht wie ein Monster. Das war die feindliche Agentin Arabella Neal. Codename: Wahnsinnige Wächterin – und die Grässliche Kichertante war genau hinter ihr.

„Wir müssen gehen", zischte Max ungeduldig. „Die Mädchen kommen."

Sie sausten davon, vorbei am Ringe-Werfen und am Wurfstand mit den Kokosnüssen.

„Schnell!", keuchte Ben. „Hinter den Wildwest-Lassowurf-Stand."

Sie warfen sich hinter einer der großen Plastik-Kakteen auf den Boden. Die Leute wechselten sich ab darin, ein Lasso über die stachelige Spitze zu werfen.

„Hier müssten wir in Sicherheit sein", flüsterte Max und blickte sich vorsichtig um. Gegenüber von ihnen war ein Stand, an dem lauter gebauschte Tüten mit dem Aufdruck ZUCKERWATTE hingen. Eine

Frau stand über einem rotierenden Kessel und drehte den Zuckerflausch auf Stäbchen.

„Schau mal da.“ Max knuffte Ben. „Das riecht lecker. Wenn die Luft rein ist, gehen wir rüber und kaufen uns welche.“

„Guter Plan, Agent Black!“, sagte Ben. „Obwohl – die eine Tüte da sieht ein bisschen komisch aus.“

Die Tüte, die am dichtesten bei ihnen hing, schwang ganz von allein hin und her. Und etwas Steinfarbenes bewegte sich darin.

„Ich sehe einen Drachenschwanz!“, platzte Ben heraus.

„Und ein langes, spitzes Maul“, fügte Max hinzu.

Die Jungen schoben sich näher, um bessere Sicht zu haben.

„Das ist Barney!“, japste Max. „Was macht er da drin?“

„Er isst die Zuckerwatte!“, sagte Ben. „Na komm. Wir kaufen ihn schnell, bevor ihn noch jemand entdeckt!“

„Gute Überlegung“, sagte Max und sah sich um. „Keine feindlichen Agenten in Sicht.“

Sie flitzten los zu dem Stand. Doch als sie hinkamen, gab die Frau am Stand den Beutel mit Barney darin gerade einem kleinen Mädchen, während dessen Mutter bezahlte.

Barney versuchte verzweifelt, sich zu verstecken. Aber er hatte zu viel von der

Zuckerwatte gegessen, und sein unglückliches Gesicht wurde von innen gegen die Plastiktüte gepresst.

„Wir müssen ihn retten“, sagte Max besorgt. „Komm, wir folgen ihnen.“

Als sie hinter dem kleinen Mädchen und dessen Mutter herschlichen, hörten sie, wie das Mädchen sich mit lauter Stimme bei ihrer Mutter beklagte. „Die Tüte ist zu schwer!“, stöhnte sie.

„Unsinn“, sagte ihre Mutter. „Zuckerwatte ist ganz leicht.“

„Die hier nicht“, sagte das Mädchen. „Und außerdem wollte ich welche in Rosa – nicht in Weiß!“

„Sie hatten aber nur weiße“, sagte ihre Mutter.

Ben blieb unvermittelt stehen. „Ich habe eine glänzende Idee“, flüsterte er Max zu.

„Das muss aber schnell gehen“, drängte Max. „Wenn sie die Tüte aufmacht, sieht sie Barney.“

„Wir müssen einfach nur einen anderen Stand finden und rosa Zuckerwatte kaufen“, sagte Ben mit einem Grinsen. „Dann tauschen wir mit dem kleinen Mädchen und Barney ist gerettet.“

„Cool, Agent Neal!“, rief Max. „Schau, sie geht zum Pinguine-Fischen. Da ist sie für ein paar Minuten beschäftigt. Wir teilen uns auf und suchen. Dann haben wir eine größere Chance, irgendwo rosa Zuckerwatte aufzutreiben.“

„Uhrenvergleich“, sagte Ben. „Wir treffen uns wieder hier in fünf Minuten. Und meide alle feindlichen Agenten!“

Dreieinhalb Minuten später stürzten Max und Ben beim Pinguin-Stand aufeinander zu. Beide trugen je zwei Tüten mit rosa Zuckerwatte.

„Erfolgreiche Aktion!“, japste Ben. „Ich habe noch eine Tüte extra für uns.“

„Gute Überlegung, Agent Neal“, sagte Max. „Ich auch!“

Das kleine Mädchen hatte es gerade geschafft, mit der Angel einen Pinguin herauszufischen.

„Beeilung!“, keuchte Max. „Sie macht die Tüte auf!“

„Turbomäßig schnell, Agent Black!“, schrie Ben.

Schlitternd kamen sie vor dem Mädchen und dessen Mutter zum Stehen.

„Entschuldigen Sie“, fing Max mit seiner höflichsten Stimme an. „Wir . . . äh . . . haben das für Sie.“ Und er

streckte eine seiner Tüten mit flauschiger Zuckerwatte vor.

„Wir haben gehört, dass Sie lieber rosa Watte wollen, keine weiße“, erklärte Ben. „Möchten Sie vielleicht tauschen? Wir mögen die weiße lieber, wissen Sie.“

„Wie nett von euch“, sagte die Mutter überrascht.

Max und das kleine Mädchen tauschen die Tüten mit Zuckerwatte.

„Danke“, sagte das kleine Mädchen und blickte glücklich auf die rosa Zuckerwatte.

Die Jungen flitzten davon. Als sie sich hinter dem Tornado-Power in Sicherheit gebracht hatten, ließ Max einen ziemlich klebrigen Barney aus der Tüte heraus.

„Ihr habt mich gerettet!“, rief er. „Ich dachte schon, ich würde aufgefuttert werden.“ Er schüttelte sich. „Oder noch schlimmer – dass das kleine Menschenmädchen vielleicht merken würde, dass ich echt bin. Ich habe versucht, einen von meinen Gerüchen zu machen, um sie abzuschrecken, aber der ist in der Tasche geblieben, und ich bin fast erstickt!“

Barneys Spezialität war es,

Hinternrülpser zu erzeugen, die so stanken, dass sie einen Raum leer fegen konnten.

„Ich muss gleich los und den anderen erzählen, dass ich fast gefressen worden wäre.“ Er flitzte davon.

„Jetzt haben wir uns eine aufregende Fahrt verdient“, sagte Max.

„Und ich weiß auch schon, worauf“, erwiderte Ben und zeigte auf das Fliegerkarussell, das gerade zum Halten kam. Sie rannten hinüber und kletterten in eines der silbernen Flugzeuge. Es schaukelte leicht, als sie sich hineinsetzten.

„Gerade noch geschafft“, sagte Ben und blickte über den Kirmesplatz. „Mum kommt angerauscht, und sie sieht wütend aus.“

„Wenigstens hat sie uns noch nicht entdeckt“, sagte Max. Er öffnete eine der Tüten. „Nimm was von der Zuckerwatte.“

Ben nahm eine Handvoll. „Mmmhhh . . . das ist gut.“

„Saulecker!“, stimmte Max zu.

Sie hatten sich gerade durch eine ganze Tüte gemampft, da setzten die Flieger sich in Bewegung, ganz langsam zuerst, dann immer schneller.

„Cool!“, schrie Max, als ihr Flieger in halsbrecherischer Schräglage herumsauste. „Das kribbelt im Bauch!“

Sie drehten sich jetzt so schnell, dass sie den Boden nur noch als verschwommene Schliere wahrnahmen.

„Mir wird schlecht“, stöhnte Ben und klammerte sich am Bügel fest.

„Mein Magen schlägt Purzelbäume“, sagte Max. „Ich hoffe, mir kommt das Mittagessen nicht wieder hoch.“

Endlich verlangsamte das Karussell die Fahrt und kam zum Stehen.

„Oh nein!“, sagte Ben. „Mum ist unten beim Ausgang. Diesmal können wir ihr nicht entwischen.“ Er packte die Tüten mit Zuckerwatte, und beide Jungs kletterten aus ihrem Flieger.

„Mir ist gerade eine brillante Idee gekommen, wie wir aus dem Schlamassel rauskommen“, flüsterte Max, als sie die Stufen hinuntergingen. „Wir geben unsere letzten zwei Tüten Zuckerwatte den Mädchen.“

„Bist du sicher?“, sagte Ben zweifelnd. „Vielleicht haben wir später doch noch Appetit. Ich fühl mich schon wieder besser.“

„Wir haben keine Wahl“, sagte Max. „Das Leben von Superspionen ist eben kein Zuckerschlecken.“

Langsam gingen sie auf Bens Mum und

die zwei Mädchen zu. Arabella und Charlotte schauten sie finster an, die bemalten Gesichter in tiefe, hässliche Falten gelegt. Mrs Neal fuchtelte verärgert mit dem erhobenen Zeigefinger, aber noch bevor sie etwas sagen konnte, sprang Max ein.

„Wir hätten euch nicht so hässlich machen sollen“, sagte er schnell zu den Mädchen. „Wir haben euch Zuckerwatte gekauft, um uns zu entschuldigen.“ Ben warf die beiden Tüten auf Arabella und Charlotte. „Äh . . . danke“, sagten die

Mädchen – schauten erstaunt drein und fingen an zu mampfen.

„Das war dumm von euch“, sagte Bens Mum. „Aber ich freue mich, dass ihr euch jetzt alle wieder vertragt. Dann gehen wir also und machen eine Fahrt zusammen.“

Die Mädchen versuchten, etwas zu sagen, aber sie hatten den Mund immer noch voll Zuckerwatte. Max witterte seine Chance. „Autoscooter?“, schlug er schnell vor.

Die Jungen warteten die Antwort nicht ab. Sie schossen davon in Richtung der hell blitzenden Lichter.

„Brillant, Agent Black“, sagte Ben, als sie auf die Sitze der elektrischen Autos sprangen. „Wir haben es geschafft, uns aus dem Schlamassel rauszuhauen – und die Mädchen sehen immer noch blöder aus als ein Monster in einem Spitzenröckchen.“

3. Das verflixte Foto

Max schlitterte zu Bens Haus, dass die Turnschuhe nur so rauchten. Bevor er an die Tür klopfen konnte, riss Ben sie auch schon auf und drängte ihn hinauf in sein Zimmer.

„Ich habe dich hergerufen wegen einer samstagmorgendlichen Dringlichkeits-Sitzung der Superspione“, sagte er, das Gesicht sorgenvoll verzogen.

„Das klingt ernst, Agent Neal“, sagte Max. „Was ist passiert?“

„Es geht um das verflixte Foto aus der Geisterbahn“, erklärte Ben ihm.

„Das, wo wir so erschrocken aussehen?“, fragte Max.

Ben nickte feierlich. „Meine Schwester sagt, sie will es ans Schwarze Brett in der Schule hängen.“

Max glotzte entsetzt. „Aber alle waren auf der Kirmes! Alle wissen genau, dass diese Bahn kein bisschen gruselig ist. Wir können uns in der Schule nie wieder sehen lassen!“

„Wir müssen untertauchen“, stimmte Ben zu, „unseren Namen ändern, das Land verlassen . . .“

„Ich versteh das nicht“, unterbrach Max. „Wir haben uns entschuldigt dafür, dass wir Arabella und Charlotte die Gesichter so hässlich angemalt haben. Und dann haben wir ihnen auch noch Zuckerwatte geschenkt. Was will deine Schwester denn noch?“

„Sie ist sauer auf mich“, erzählte Ben

ihm. „Ich habe ihre Lieblingspuppe in ihre Pausenbrotdose gelegt und sie auf dem Gartenteich segeln lassen, weil ich sehen wollte, ob sie schwimmt."

„Gutes Experiment", sagte Max anerkennend. „Hat es geklappt?"

„Sie ist gekentert", gestand Ben düster. „Arabella hat die Brotdose gefunden – voll mit Goldfischen. Und ein Frosch hat das Partykleid von ihrer Puppe gefressen. Sie hat einen Wutanfall bekommen."

„Mädchen!", seufzte Max. „Regen sich über die blödesten Sachen auf. Kopf hoch, Agent Neal, wir haben eine geheime Mission: das Foto finden."

„Ausgezeichnet, Agent Black!“ Bens Stimmung hellte sich sofort auf. „Meine grässliche Schwester ist unten und versucht, ihrer Puppe die Algen aus den Haaren zu waschen. Wir schleichen uns in ihr Zimmer und suchen das Foto. Sollte kein Problem sein für Superspione wie uns.“

Ganz leise stahlen sie sich in Arabellas Zimmer.

„Igitt!“, flüsterte Max, als er über den

flauschigen Einhornteppich stolperte. „Alles ist rosa und tussimäßig hier drin. Und keine Spur von dem Foto.“

„Ich wette, sie hat es irgendwo versteckt“, sagte Ben. Er öffnete eine große glitzernde Kiste mit der Aufschrift STRENG GEHEIM! und fing an, die Sachen darin zu durchwühlen.

Plötzlich flog die Tür auf, und Arabella stand da mit einem Gesicht wie ein Donnerwetter. Ben sprang hoch und verstreute den Inhalt der Kiste über den ganzen Boden.

„Mum!“, kreischte Arabella.

Mrs Neal erschien und runzelte die Stirn über das Chaos. „Wir waren gerade . . . beim Aufräumen“, stammelte Max.

„Das ist unsere gute Tat für heute“, fügte Ben hinzu und versuchte, ganz unschuldig dreinzuschauen.

„Das sieht mir eher so aus wie letzte Woche, als ihr hier Schiffeversenken gespielt habt!“, sagte Mrs Neal verärgert zu ihm. „Es hat tagelang gedauert, bis Arabellas Matratze wieder trocken war.“

„Können wir gleich unsere Besorgungen machen, Mum?“, fragte Arabella. „Ich muss“ – sie schaute mit einem gemeinen Lächeln zu den Jungen – „etwas kopieren für die Schule.“

Max und Ben sahen sich entsetzt an. Sie wussten, was das hieß.

Arabella wollte Kopien von dem Foto machen. Dann konnte sie diese in der ganzen Schule verteilen.

„Ja natürlich“, sagte Mrs Neal, als sie aus dem Zimmer ging. Max schluckte, und Ben hatte Panik in den Augen. „Aber ich muss erst noch ein paar Sachen erledigen. Los, Jungs. Raus hier!“

„Wir müssen das Foto unbedingt finden, bevor es sich in tausend Kopien verwandelt hat“, stöhnte Ben. „Aber wir können es nicht riskieren, dass man uns noch mal in Arabellas Zimmer erwischt.“

„Wir brauchen jemanden, der sich hineinschleichen kann, ohne dass man ihn sieht“, sagte Max. „Jemanden, dessen Spezialität es ist, sich unsichtbar zu machen –“

„Zack!“, rief Ben. „Komm, wir gehen zur

Kirche und suchen den Gargol. Ich nehme meinen Rucksack mit, damit wir ihn unbemerkt hier hineinbringen können.“

Zwei Minuten später sausten die Jungen in ihrem imaginären Monsterspionage-Truck mit Höchstgeschwindigkeit in Richtung Kirche.

„Huu-huuu!“, ertönte eine fröhliche Stimme über die Straße.

Bens Nachbarin von nebenan, die alte Mrs Tabkin, kam auf die beiden zu. „Ihr Jungs habt es immer so eilig“, kicherte sie und pflanzte sich mitten auf dem Gehsteig auf.

„Wir gehen zur Kirche . . .“, sagte Ben atemlos.

„. . . da treffen wir ein paar . . . Freunde“, fügte Max hinzu und versuchte, sich an ihr vorbeizuschieben.

„Das trifft sich gut!“, rief Mrs Tabkin aus. „Ich habe eine Nachricht für den Pfarrer. Die könnt ihr ihm bringen.“

Sie tauchte die Hand in ihre große Tasche und wühlte darin herum. Die Jungen schauten einander ungeduldig an.

„Sie muss hier irgendwo drin sein“, murmelte Mrs Tabkin und zog Schals und Hustenbonbons heraus und gab alles den Jungen zum Halten. „Oh! Jetzt weiß ich es wieder“, sagte sie endlich, während sie alles in die Tasche zurückstopfte. „Ich hab sie heute Morgen in die Post gegeben!“

Hastig verabschiedeten Max und Ben sich und rannten davon. An der nächsten Ecke stießen sie so heftig mit Max’ Mum zusammen, dass sie deren Einkaufstaschen zu Boden warfen.

Max rettete ein Bündel Bananen aus einer Hecke. „Tut mir leid!“, sagte er keuchend.

„Wir haben es eilig, wissen Sie“, erklärte Ben, während er einer Kartoffel über den Gehsteig nachjagte.

„Ihr solltet aufpassen, wo ihr hinlauft!“, sagte Mrs Black verärgert. „Jetzt macht euch nützlich und helft mir, die ganzen Sachen heimzutragen.“

Max und Ben zockelten hinter ihr her, jeder mit einer Einkaufstasche beladen. Die Zeit wurde knapp. Arabella konnte sich jeden Moment auf den Weg zum Copyshop machen.

„Ich dachte schon, wir schaffen es nie hierher!“, sagte Ben, als er und Max eine halbe Stunde später mit Getöse in den Kirchhof rauschten.

„Es gibt nur ein Problem“, sagte Max stirnrunzelnd. „Ich sehe keine Gargolz.“

Ben blickte suchend über das Kirchendach und über die Dachrinnen. „Du hast recht!“, rief er aus. Er schaute zwischen die Grabsteine. „Keine Zacke, keine Backe! Wie sollen wir jetzt an das Foto kommen?“

Max schnupperte. „Da bäckt jemand!“, rief er aufgeregt. „Cool!“

„Das riecht gut“, stimmte Ben zu. „Aber wir müssen uns darauf konzentrieren, die Gargolz zu finden.“

„Ich weiß, wo sie sind“, sagte Max

geheimnisvoll. „Folgen Sie mir, Agent Neal.“

Er ging in die Richtung, aus der der Duft kam. Gleich neben der Kirche war das Pfarrhaus, und sie spähten über die Mauer. Ein frisch gebackener Kuchen stand dampfend im offenen Fenster. Und darunter kauerte eine Schar Gargolz – und mampfte geräuschvoll von einem Berg Schokoladenmuffins.

„Gute Detektivarbeit, Agent Black!“, sagte Ben grinsend. „Gargolz lieben Kuchen.“ Max starrte sehnsüchtig auf die Muffins.

„Grüüüße euch, Jungs!“ Toby winkte ihnen mit seiner klebrigen Pfote zu.

„Die Pfarrersfrau hat die gebacken“, erklärte Eli, während er die sich ringelnden Schlangen auf seinem Kopf mit Muffinhäppchen fütterte. „Aber sie sind ihr angebrannt, und darum hat sie sie aus dem Fenster geworfen.“

„Sie schmecken trotzdem köstlich“, fügte Severin hinzu und grub seine scharfen Zähne in den größten Muffin, den er finden konnte.

„Besser als Schiffszwieback!“, krächzte Jacob.

„Barney hat sie für uns gerettet“, sagte Toby. „Es ist genug da für alle.“

Die Gargolz schaufelten die Küchlein zusammen und flitzten über die Mauer zu den Jungen. Alle hauten rein und bald war der Muffinberg verschwunden.

„Was für ein Festmahl“, seufzte Ben und ließ sich rücklings ins Gras plumpsen.

„Ach du baumelndes Regenrohr!“, rief Severin und rieb sich den Bauch. „Mann, bin ich voll.“

Plötzlich sprang Max auf. „Das Foto!“, jaulte er. „Wir haben unsere Geheimmission vergessen, Agent Neal!“

Ben wurde blass. „Wir brauchen Zack – und er ist nicht da!“

„Doch, bin ich!“, ertönte eine Stimme von der Mauer her.

Dann machte es **Plopp!** Zack erschien und schüttelte sich die Krümel aus der zotteligen Mähne. „Ich habe neun-, nein, zehneinhalb Muffins gegessen!“

„Ach, darum ist der Haufen so schnell geschrumpft!“, sagte Ben.

Max kam gleich zur Sache: „Wir brauchen deine Hilfe, Zack.“ Er erzählte von dem peinlichen Foto und dass Arabella gedroht hatte, das Foto in der ganzen Schule herumzuzeigen.

„Wir hätten nie zugelassen, dass Rufus euch erschreckt, wenn wir gewusst hätten, was passieren würde“, sagte Toby ernst. „Man kann Mädchen nicht trauen.“

„Jetzt müssen wir das Foto unbedingt wiederhaben“, sagte Ben.

„Zack, könntest du dich unsichtbar machen und dich in Arabellas Zimmer schleichen und es suchen?“, fragte Max.

„Kein Problem!“, verkündete Zack und hüpfte auf und nieder vor Vergnügen.

„Ich bring dich in meinem Rucksack –“, fing Ben an, doch Zack war schon mit einem lauten **Plopp!** verschwunden.

„Ich kenne den Weg!“, hörten sie seine fröhliche Stimme in der Ferne. „Wir treffen uns dort!“

Als Max und Ben zusammen mit Toby, der unbedingt mitwollte, nach Hause kamen, war Arabella zu ihrer Erleichterung noch daheim. In der Küche bearbeitete sie ihre Mum, sie zum Copyshop zu fahren. Die Jungen stürzten in Bens Zimmer und fanden Zack, wie er die Bücherregale hinauf- und hinunterrannte und ganz aufgeregt verschwand und wieder auftauchte.

„Das Fenster war offen“, erklärte er. „Bin am Regenrohr hochgeklettert.“

Toby schaltete den Fernseher ein. Da lief gerade ein alter Spionagefilm. Er seufzte glücklich und legte sich auf Bens Kissen, um ihn anzuschauen.

Ben bekam Zack zu fassen, als der gerade vorbeiflitzte, und setzte ihn in seinen Stuhl. „Das Foto ist irgendwo im Zimmer meiner Schwester“, erklärte er dem erwartungsvollen Gargol, „und sie wird jede Minute hier oben sein und es holen, du musst also schnell machen.“

„Du kannst ihr Zimmer nicht verfehlen“, erklärte Max ihm. „Einfach immer dem ekligen blumigen Geruch nach.“

„Bin im Nu wieder da!“, sagte Zack, und mit einem **Plopp!** machte er sich unsichtbar.

„Angenommen, Zack findet das Foto nicht!“, murmelte Max.

„Was, wenn Arabella es bei sich hat?“, sagte Ben mit einem sorgenvollen Stirnrunzeln.

„Ihr versperrt mir die Sicht auf den Fernseher!“, beschwerte sich Toby. „Jetzt kommt das Beste. Die zwei Spione müssen –“

Genau da machte es **Plopp!** und Zack erschien mitten auf dem Teppich, einen Stapel Fotos in der Pfote.

„Großartige Arbeit, Zack!", sagte Ben, griff begierig nach den Bildern und breitete sie auf dem Boden aus. „Wir haben ihren bescheuerten Plan vereitelt."

Max wühlte in den verstreuten Fotos herum und runzelte die Stirn. „Aber das sind alles alte Kinderfotos von Arabella", sagte er.

„Unseres muss doch auch irgendwo dazwischen sein!", sagte Ben unbeirrt. Er kroch herum und warf wie wahnsinnig die Fotos zur Seite. „Arabella, wie sie einen Wutanfall hat . . . Arabella mit einem Eimer auf dem Kopf . . . Arabella, wie sie sich eine Banane in den Mund stopft."

„Komisch, dass sie die aufgehoben hat“, sagte Max. „Sie wäre total aufgelöst, wenn jemand die sehen würde. Sie sieht ja wirklich dämlich darauf aus.“

„Das ist das beste . . .“ Ben konnte nicht anders, er musste lachen. „Arabella voll mit Kuhkacke!“

„Hast du denn nicht das von uns gefunden?“, fragte Max den Gargol.

„Hier ist nichts“, sagte Ben voller Verzweiflung.

Sie hörten Schritte auf der Treppe, dann knallte Arabellas Zimmertür zu. Die Jungen sahen entsetzt drein. Sie musste hochgekommen sein, um das gefürchtete Bild zu holen.

„Was sollen wir tun, Agent Neal?“, fragte Max verzweifelt.

Plötzlich meldete Toby sich vom Bett her zu Wort. „In dem Film gibt es zwei Spione, und die müssen –“

„Wir haben keine Zeit für irgendwelche Spionagefilme“, sagte Ben mutlos. „Die Lage ist ernst.“

„Darum erzähl ich euch das doch“, sagte Toby. „Der Film hat mich auf eine Idee gebracht.“

„Ist es ein Streich? Ist es ein Streich?“, fragte Zack eifrig.

Toby watschelte zur Bettkante.

„Nicht so ganz, aber so kriegen wir das Foto wieder.“

„Fertig in fünf Minuten, Arabella?“, hörten sie Bens Mum rufen.

„Wie sieht der Plan aus, Toby?“, sagte Max ungeduldig.

„Ihr macht einen Tausch“, sagte Toby feierlich.

„Einen Tausch?“ Ben runzelte die Stirn. „Wie meinst du das?“

„Die Spione in dem Film hatten jeder etwas, was der andere wollte“, rief Toby.

„Also haben sie getauscht, und jeder war glücklich und zufrieden!“

„Arabella will bestimmt ihre Babyfotos zurück . . .“, sagte Ben gedankenvoll, und ein Lächeln breitete sich langsam auf seinem Gesicht aus.

„Das ist brillant!“, rief Max aus. „Wir sagen Arabella, dass wir diese peinlichen Fotos von ihr haben und dass wir sie überall herumzeigen werden. Dann sagen wir, dass wir sie ihr zurückgeben, wenn sie unser Geisterbahn-Foto wieder rausrückt.“

„Ich schreib ihr eine Nachricht“, sagte Ben und kritzelte etwas auf ein Blatt Papier.

Toby nickte. „Wie ein richtiger Spion.“

„Was haltet ihr davon?“, fragte Ben ein paar Minuten später und zeigte den anderen die Nachricht.

An die feindliche Agentin Arabella Neal.
Wir haben ~~komprimierende~~ ~~kommpromirende~~ alberne Fotos von Ihnen. Und wir scheuen uns nicht, sie gegen Sie zu verwenden. Wenn Sie sie wiederhaben wollen, kommen Sie in zwei Minuten zu unserem Treffpunkt hinten im Garten. Bringen Sie das Geisterbahn-Foto mit.
Geheimagent Ben Neal.
PS. Die weiteren Fotos sind noch viel schlimmer als das eine, was an diesen Brief angehängt ist!

„Ich hänge das Bild an, auf dem sie den Eimer auf dem Kopf hat“, sagte Ben, „damit sie sieht, dass wir es ernst meinen.“

Er sprang auf, hechtete in den Schrank, und als er wieder auftauchte, trug er eine orangefarbene Perücke, eine Sonnenbrille und einen großen

Schlapphut.
Max, Toby und Zack brachen in Lachen aus.

„Spione sind immer verkleidet“, erklärte Ben. Er wickelte den Zettel um das Foto mit der eimerköpfigen Arabella, schlich sich auf Zehenspitzen zu ihrer Zimmertür und schob die Nachricht darunter durch. Als er in sein Zimmer zurückkam, waren alle verkleidet. Max hatte Bens alten Bademantel verkehrt herum angezogen, Toby hatte eine Socke auf dem Kopf, und Zack hatte Schwimmflossen an.

Fünf Sekunden später ertönte ein Entsetzensschrei.

„Ich glaube, dein Plan geht auf, Toby“,

sagte Max voller Schadenfreude.
„Gehen wir hinunter in den Garten und warten auf sie.“

Max, Ben, Toby und Zack versteckten sich hinter dem Schuppen. Bald sahen sie, wie die Hintertür des Hauses aufging und Bens Schwester herausstürmte.

„Sie sieht richtig böse aus.“ Toby kicherte. „Das ist noch besser als damals – als Severin den Pfarrer bei einer Taufe in den Schlaf gesungen hat und der ins Taufbecken gefallen ist.“

Arabella kam nach hinten in den Garten und blickte sich wütend um. Sie hatte das Foto in der Hand. Ben trat hervor, schlich sich hinter sie und zog sich die Krempe seines Hutes tief ins Gesicht.

„Feindliche Agentin Arabella Neal?“, zischte er ihr ins Ohr mit seiner geheimnisvollsten Agentenstimme.

Arabella fuhr hoch vor Schreck. „Na klar!“, sagte sie gereizt.

„Bist du bereit für den Austausch?“

„Gib mir einfach mein Foto“, fauchte sie und streckte die Hand aus. „Und zwar sofort!“

„Erst wenn du das Foto von Agent Black und Agent Neal herausgibst“, knurrte Ben. „Und wenn du das nicht tust, dann

zeigen wir deinen Freundinnen alle Fotos, die wir von dir haben. Willst du wirklich, dass sie dich sehen, wie du das Gesicht voller Banane hast oder wie du in einem Kuhfladen hockst?“

Mit einem wütenden Aufschrei pfefferte Arabella das Geisterbahnfoto in den Steingarten. Ben legte den Stapel Fotos von ihr daneben, schnappte das von ihm

und Max – und verschwand wieder hinter dem Schuppen.

Arabella hob ihre Bilder auf und rannte zurück ins Haus. „Wir sprechen uns noch!“, schrie sie.

Ben zeigte seinen begeisterten Freunden das Foto aus der Geisterbahn.

„Ich glaube nicht, dass wir uns noch sprechen“, sagte Max. „Das war ausgezeichnete Spionagearbeit, Agent Neal.“ Mit diesen Worten nahm er das Foto und zerriss es in kleine Fetzen.

4. Schreck lass nach!

„Nicht zu fassen, dass wir am Montagmorgen so früh dran sind“, sagte Max und zischte zusammen mit Ben in seinem Superspionage-Raketenflitzer in den Pausenhof.

„Ist doch cool!“, rief Ben. „Dann haben wir mehr Zeit mit den Gargolz!“

Sie steuerten auf die Mauer zwischen Kirchhof und Schule zu, als ein Schrei die Luft erfüllte. „Das kommt aus einem der oberen Klassenzimmer“, sagte Max.

„Wir müssen Ermittlungen anstellen, Agent Black“, riet Ben. Sie sausten ins Schulhaus. Viele Kinder hatte sich bereits in Miss Trues Klassenraum versammelt.

Charlotte Boggs, die Grässliche Kichertante, stand auf einem Stuhl. Jetzt kicherte sie nicht. Sie wimmerte.

Arabella zupfte sie am Rock. „Was ist denn los?“, wollte sie in ihrer lautesten Aufpasserinnenstimme wissen.

„Es war ganz furchtbar“, jammerte Charlotte und rang die Hände. „Riesig und böse . . . und sie hat mich direkt angeschaut. Ich dachte, es wäre aus mit mir.“

„Sag mir, was du gesehen hast“, forderte Arabella.

„Einen Geist?“, sagte Ben hoffnungsvoll.

„Ein Monster?“, regte Max an.

„Eine . . . Maus!“, brachte Charlotte würgend hervor.

„Du hattest Angst vor einer winzig kleinen Maus?“, platzte es aus Max heraus.

„Die hatte wahrscheinlich mehr Angst vor dir“, sagte Ben mitleidig.

Charlottes Augen verengten sich. „Seid ihr mal ganz still", sagte sie laut zu den Jungen. „Ihr habt euch doch sogar in dieser kindischen Geisterbahn auf der Kirmes gefürchtet."

Alle drehten sich zu Max und Ben um und starrten die beiden an. Arabella grinste gehässig.

„Die Geisterbahn war totaler Schrott", rief irgendwer von der Tür her. „Das weiß doch jeder."

Max' Spionage-Radar sprang an: kahl rasierter Kopf, große Fäuste, Fingerknöchel wie Felsen.

Er wusste, wer das war. Das war der feindliche Agent Barry Brick, auch bekannt als Die Dampfwalze, Codename: Schul-Brutalo.

Max und Ben

stöhnten. Was für ein Pech, dass gerade er in dem Moment zufällig vorbeiging.

Die Dampfwalze schritt zu Max und Ben und schob das Gesicht ganz dicht an die beiden heran. „Ich hab meine Cousine in diese blöde Bahn mitgenommen. Die hatte überhaupt keine Angst, und sie ist erst vier. Ihr zwei seid schlappe Schwachmaten!“

Alle lachten, und Barry grinste fies.

Max und Ben wussten, jetzt gab's nur eins: Abhauen!

In der großen Pause folgte Barry den Jungen über den Pausenhof.

„Hosenschisser", höhnte er. „Ihr Babys habt Angst vor blöden Plastikhexen und Plastikvampiren."

Ein paar Mädchen hielten mit dem Seilhüpfen inne und kicherten.

„Alle lachen uns aus", stöhnte Max. „Gehen wir in Deckung, Agent Neal."

Sie versteckten sich auf der Toilette, bis die Glocke ging.

„Das war die schlimmste Pause in der Geschichte der schlimmen Pausen", klagte Ben. „Wenn wir bloß allen von Rufus erzählen könnten und was für ein gruseliges Skelett er war."

„**BUH!**" Die Dampfwalze sprang schreiend hinter einer Topfpflanze hervor.

Max und Ben sprinteten in ihr sicheres Klassenzimmer.

„Wenigstens kann er uns nicht bis hier rein nachkommen", sagte Ben und ließ sich auf seinen Stuhl plumpsen. Dann stöhnte er. „Mir ist gerade eingefallen, dass die vierten Klassen nach dem

Mittagessen zusammen Erzählstunde haben. Da müssen wir Barry eine ganze Stunde lang ertragen, und er zieht uns mit der Sache bestimmt ordentlich auf. Und alle anderen werden mitmachen. Das wird eine Katastrophe."

Doch Max blickte nachdenklich: „Vielleicht auch nicht, Agent Neal", sagte er. „Wir könnten die Stunde dazu nutzen, es der Dampfwalze zu zeigen. Wir brauchen bloß einen Geheimplan – und die Gargolz."

Als sie in der Mittagspause den Gargolz von ihrem Problem erzählt hatten, legte Toby die Stirn in Falten. „Ich könnte mit meiner Schleuder

Eicheln auf diesen Barry schießen, oder wir könnten Ignaz dazu bringen, dass er ihm den Hintern anbrennt", sagte er. „Aber eigentlich – müsste jemand ihm einmal so richtig Angst einjagen."

„Das ist es!", rief Max aus. „Wir benutzen Rufus' geheime Kraft, um die Dampfwalze das Fürchten zu lehren!"

„Cool!", schrie Ben und klatschte mit Max und Toby ab. „Aber wie sollen wir das anstellen?"

„Mit unserem Geheimplan: Schauder-Skelett!", erwiderte Max. „Aber ich habe ihn noch nicht ganz ausgearbeitet."

Nach dem Mittagessen versammelten sich die vierten Klassen in der Bibliothek zur Erzählstunde. Zum Entsetzen der Jungen setzte Barry Brick sich neben sie.

„Ich beschütze euch vor den grässlichen kleinen Geistern“, sagte er, und alle lachten.

„Ruhe bitte . . .“, ertönte eine schwächliche Stimme. Max aktivierte sein Spionage-Radar: klein und plump,

dünne braune Haare, zuckende Nase. Er wusste, wer das war.

Das war die feindliche Agentin Miss Bleet, Codename: Erbärmliche Lehrerin.

„Wer hat eine Geschichte, die er uns heute erzählen will?“, fragte sie.

„Lieber keine Horrorgeschichte“,

meldete Barry sich zu Wort. „Sonst rennen Max und Ben schreiend davon!"

Max spürte, wie er rot wurde. Und da kam ihm die Idee. Er erinnerte sich daran, dass man von Barrys Haus einen Blick über den Kirchhof hatte, und auf einmal dämmerte ihm, dass er Phase eins des Geheimplans sogleich einläuten könnte.

Er hob die Hand. „Ich habe eine richtig coole Geschichte", sagte er. „Es geht um die Kirche nebenan."

Miss Bleet schaute zweifelnd drein. „Ich hoffe, diesmal ist sie gut“, sagte sie. „Nicht wie letzte Woche. ‚Wie ich die Toilette überschwemmte und so tat, als wäre ich ein Killerhai‘ war keine richtige Geschichte.“

„Die schon, ehrlich!“, versprach Max und sprang auf, noch bevor Miss Bleet protestieren konnte.

„Ich erzähle euch jetzt eine wahre Geschichte“, sagte er mit geheimnisvoller Stimme zu seinen Zuhörern. „Ich habe sie von meinem Großvater, und der hatte sie von seinem Großvater, und der wieder hatte sie von –“

Miss Bleet zog eine Braue hoch.

„Jedenfalls“, sagte Max, „macht euch gefasst auf die Legende von der Sankt-Markus-Kirche –“

„Es gibt keine Legende über diese Kirche“, unterbrach Barry ihn grob. „Ich

muss es ja wissen. Ich wohne gleich nebenan."

„Die gibt es sehr wohl", fuhr Max fort. „Die Legende vom tanzenden Skelett. Also: Vor vielen Hundert Jahren ist Nick Turnip, ein gemeiner Straßenräuber, auf dem Kirchhof begraben worden. Niemand weiß, wo sein Grab ist, aber was man weiß, ist, dass sein Skelett alle fünfzig Jahre aus der Erde kommt und um die Grabsteine herumtanzt."

Alle Viertklässler hörten nun gebannt zu. „Mein Opa dachte, die Geschichte wäre erfunden, bis zu einer dunklen und windigen Nacht", erzählte Max.

Ben machte pfeifende Geräusche und tat so, als wäre er der Wind. Ein paar

Mädchen bekamen eine Gänsehaut. „Er kam aus dem Dorf und war auf dem Heimweg", fuhr Max mit gedämpfter Stimme fort, „da hörte er die Glocke schlagen. Und im selben Moment sah er seltsame Lichter, die zwischen den Grabsteinen umherhuschten."

Ein Schauder überlief die Zuhörer.

„Opa schlich sich in den Kirchhof, um zu sehen, was dort vor sich ging, und er traute seinen Augen nicht!"

„Huuuuuuhhhhuuuu!", heulte Ben, sodass Miss Bleet sich zu Tode erschreckte.

Max senkte die Stimme zu einem heiseren Flüstern. „Bei Vollmond, genau wie die Legende gesagt hatte, tanzte ein riesiges Skelett auf dem Friedhof herum und klapperte furchterregend mit seinen Knochen. Dazu flackerten gespenstische Lichter um es herum!"

Poppy und Tiffany klammerten sich aneinander, und Miss Bleet fächelte sich mit einem Taschentuch Luft zu.

„Das war genau vor fünfzig Jahren", schloss Max triumphierend. „Heute Nacht, bei Vollmond, wird das furchterregende Skelett des Straßenräubers wieder tanzen! Ach ja, ich habe ganz vergessen, es zu erwähnen – es wird exakt um acht Uhr sein."

Er blickte sich um: Die Zuhörer hingen an seinen Lippen – sogar Barry Brick.

Daniel löste sich als Erster aus dem Bann. Er warf einen Blick auf das bleiche

Gesicht der Dampfwalze und grinste. „Hast du Angst, Barry?", fragte er.

„Natürlich nicht", brauste Barry auf. „Max hat sich das ausgedacht. Das ist totaler Müll."

„Es ist wahr, ehrlich!“, sagte Max.

Ben nickte. „Ich habe auch von der Legende gehört“, bestätigte er, riss seine blauen Augen weit auf und setzte seine unschuldigste Miene auf.

„Warum schaust du heute Abend nicht einfach raus, Barry?“, schlug Max vor. „Wenn du Glück hast, siehst du vielleicht Nick Turnips Knochen selber.“

Die Augen der Dampfwalze weiteten sich. „Wenn du dich traust“, sagte Ben. „Max und ich sind um acht Uhr da – wir wollen uns das auf keinen Fall

entgehen lassen. Dann sehen wir auch, ob du dich traust."

„Ich schaue", knurrte Barry, „und es ist mir egal, wie viele Skelette da rumhüpfen; die machen mir keine Angst . . ."

Gleich nach der Schule flitzten Max und Ben in den Kirchhof hinüber und erzählten den Gargolz die Geschichte, die Max sich ausgedacht hatte. Die steinernen Freunde sicherten natürlich begeistert ihre Hilfe zu.

„Das mit den Gargolz hätten wir", sagte

Max, als sie den Kirchhof verließen. „Jetzt brauchen wir noch eine Ausrede, damit wir heute Abend rauskönnen."

„Frag deine Mum doch, ob ich heute bei euch übernachten kann", schlug Ben vor. „Ich sorge dann dafür, dass ich meinen Schlafanzug vergesse, damit wir noch mal zu mir nach Hause zurückmüssen, um ihn zu holen."

„Und auf dem Rückweg gehen wir auf den Kirchhof", sagte Max glücklich. „Guter Einfall, Agent Neal."

Nachdem ihre Mütter das mit dem Übernachten geregelt hatten, saßen Max und Ben in Max' Zimmer und behielten die Uhr scharf im Blick.

„Halb sieben", flüsterte Max. „Wir müssen los." Er griff nach ein paar Taschenlampen. „Die werden die Gargolz brauchen."

Die Jungen sprangen die Treppe hinunter und stürzten in die Küche. „Mum“, schrie Max, „Ben hat seinen Schlafanzug vergessen. Wir gehen bloß schnell noch mal zu ihm nach Hause und holen ihn.“

„Das ist nicht nötig“, sagte seine Mum. „Du hast bestimmt einen, den du ihm leihen kannst.“

„Die sind alle schmutzig“, antwortete Max schnell. Er hatte dafür gesorgt. Seine Ersatzschlafanzüge waren alle irgendwie mit Marmelade vollgekleckert.

„Da muss irgendwo noch ein alter sein“, murmelte Max’ Mum und rannte die Treppe hoch.

Max und Ben sahen sich entsetzt an. Wenn sie für Ben einen Schlafanzug fand, dann hatten sie keine Ausrede, zum Kirchhof zu gehen.

„Barry wird aus dem Fenster schauen, und dann sieht er, dass wir nicht da sind“, zischte Ben. „Er wird denken, wir haben Angst. Wir können uns nie mehr reinwaschen.“

„Bitte sehr, Ben.“ Mrs Black kam wieder in die Küche und hielt einen flauschigen blauen Schlafanzug hoch mit lauter Teddybären drauf.

„Den hab ich angehabt, da war ich vier!“, schrie Max. „Der passt Ben bestimmt nicht.“

Seine Mutter hielt ihn vor Ben hin, und der versuchte, sich so groß zu machen, wie es nur ging. „Wahrscheinlich nicht“, seufzte sie. „Also gut, ihr könnt gehen, aber beeilt euch, damit ihr spätestens um halb neun im Bett seid.“

Die Jungen rasten zu Ben, beide zusammen auf Max’ Fahrrad gequetscht. Sie schnappten einen Schlafanzug und machten sich auf zum Kirchhof. Als sie dort ankamen, war es schön dunkel.

„Grüüüüße euch!“, drang eine Stimme aus einer finsteren Ecke nahe bei der Kirchenpforte zu ihnen.

Max und Ben rannten hinüber. Toby, Rufus, Theo und Jacob hockten da und warteten ungeduldig.

Plopp! Zack erschien neben ihnen.

„Geisterstunde! Geisterstunde!“, verkündete er.

Max gab den Gargolz ihre Anweisungen und überreichte ihnen die Taschenlampen.

„Da ist die Dampfwalze“, sagte Ben und zeigte auf einen kahl rasierten Kopf, der in den Blick kam. Max winkte hinauf zu Barry, der das Fenster öffnete und ihnen ein hässliches Gesicht schnitt.

„Hallo, ihr Loser!“, rief er ihnen mit einem fiesen Grinsen zu.

„Bereit für Nick Turnips Skelett?“, rief Max.

„Es gibt kein Skelett!“, knurrte Barry.

„Schäbige Landratte“, krächzte Jacob leise. „Lasst ihn über die Planke gehen!“

„Nicht nötig“, murmelte Rufus. „Der wird seinen Ton schon noch ändern, wenn er mein Skelett sieht.“

Genau in diesem Augenblick begann die Kirchturmuhr acht zu schlagen.

„Los, Gargolz!“, flüsterte Max.

Zack, Theo und Jacob rannten mit ihren leuchtenden Taschenlampen zwischen den Grabsteinen herum. Toby schwang sich in die Lüfte und ließ den Lichtstrahl über den ganzen Kirchhof tanzen.

„Jetzt sieht es richtig gruselig aus“, sagte Ben beeindruckt. „Genau wie in deiner Legende.“

„Barry hat seinen Spaß!“ Max lachte.

Sie blickten hoch und sahen die Dampfwalze mit weit offenem Mund und in höchster Verblüffung.

Toby landete hinter einem steinernen Engel und richtete den Strahl seiner Lampe auf einen großen Grabstein daneben. Wie aufs Stichwort schob sich Rufus langsam in den Blick, und sein riesiges Skelett schimmerte gespenstisch im Licht. Es sah genau so aus, als wenn er aus dem Grab herausschweben würde.

„Cool!“, flüsterte Ben.

Dann begann Rufus mit langsamen, eckigen Bewegungen zu tanzen.

„Supergruselig!“, sagte Max. Er spähte zu Barrys Fenster hinauf und knuffte Ben. „Der Plan geht auf.“

Barry war starr vor Entsetzen. Er hatte die Augen weit aufgerissen und sein Mund öffnete und schloss sich wie bei einem Fisch. Mit einem zitternden Finger zeigte er auf das Skelett.

Rufus tanzte immer näher auf Barrys Haus zu. Dann begann er, sich auf wundersame Weise in die Lüfte zu erheben, bis er auf der Höhe von Barrys Fenster war. Max und Ben konnten sehen, dass Toby Rufus hinten am Rücken gepackt hatte und wie wahnsinnig mit den Flügeln schlug, um ihn in der Luft zu halten. Aber alles, was die Dampfwalze sah, war ein knöchernes Skelett mit einem grausigen Grinsen, das immer näher kam. Die Jungen mussten sich das Lachen verbeißen.

„Aaaaahhhhh!", kreischte Barry.

„Brillant!", rief Max. „Jetzt versteckt euch alle."

Rufus streckte seine knöchernen Arme dramatisch vor, genau als die anderen Gargolz ihre Taschenlampen ausknipsten und der Kirchhof wieder in Dunkelheit getaucht wurde. Dann schrumpfte Rufus wieder zu seiner steinernen Gestalt, und alle Gargolz hoppelten aus dem Blick.

Ein Licht ging an in Barrys Zimmer, und Max und Ben sahen, wie Barrys Mum in den Raum rannte.

„Das Skelett vom toten Straßenräuber!“, hörten sie ihn wimmern, während er seiner Mutter in die Arme sank.

„Es hat getanzt. Es ist auf mich zugekommen. Es war schrecklich!“

Max und Ben grinsten und klatschten sich ab, als die Gargolz zu ihnen herübergehüpft kamen.

„Der Geheimplan war cool", sagte Max. „Ausgezeichnete Knochen, Rufus."

Rufus spannte die Muskeln an. „Meine spuktakulärste Vorstellung bis jetzt", sagte er und grinste breit, sodass man seine Reißzähne sehen konnte.

„Ach du spuckendes Skelett!", sagte Toby. „So viel Spaß haben wir nicht mehr gehabt, seit wir dem Pfarrer einen Räucherhering in die Tasche gesteckt haben und alle Katzen am Ort hinter ihm hergelaufen sind."

„Und eins ist so sicher wie das Amen in der Kirche", fügte Ben hinzu. „Die

Dampfwalze wird uns NIE, NIE, NIE wieder damit aufziehen, dass wir Angsthasen wären!“

Gargolz – Zur Person

Name: Tobias der Dritte
Bekannt als: Toby
Spezialität: Fliegen
Was er mag: Streiche spielen und Unfug treiben, vor allem mit dem Pfarrer
Was er nicht mag: Mrs Hogsbottom

Name: Barnabas
Bekannt als: Barney
Spezialität: Pupswolken und Stinkfürze!
Was er mag: Kekse
Was er nicht mag: von Menschen überrascht werden

Name: Eli
Spezialität: sich in eine Blindschleiche verwandeln
Was er mag: Sportfeste, kriechen
Was er nicht mag: Gruselgeschichten

Name: Bartholomäus

Bekannt als: Bart

Spezialität:
Spinnen rülpsen

Was er mag:
miesepetrig sein

Was er nicht mag:
wenn man ihm sagt, er soll gute Laune haben

Name: Theophilus

Bekannt als: Theo

Spezialität: sich in einen wilden Tiger verwandeln (na ja, in ein gestreiftes Kätzchen!)

Was er mag: sonnige Fleckchen und gemütliche Plätze

Was er nicht mag: Regen

Name: Jacob
Spezialität: Regen machen
Was er mag: Menschen über die Planke gehen lassen
Was er nicht mag: sich langweilen

Name: Ignaz
Spezialität: Feuer speien
Was er mag: Überraschungen
Was er nicht mag: wenn ihm Rauch in die Nase kommt und er niesen muss

Name: Severin
Spezialität: singt Wiegenlieder, um Menschen in Schlaf zu versetzen
Was er mag: Freizeitspaß
Was er nicht mag: Geschnarche

Name: Zacharias (bekannt als Zack!)
Spezialität: sich für Menschen unsichtbar machen
Was er mag: herumhopsen, Brombeerzweige essen, Disteln, lauter Zeug mit Pikseln!
Was er nicht mag: stillhalten

Name: Rufus
Spezialität: sich in ein Skelett verwandeln
Was er mag: gruselige Streiche spielen
Was er nicht mag: sich in enge Räume quetschen

Burchett & Vogler

Die Gargolz

Unverhofft kommt oft

Die Gargolz sind los! Die kleinen Wasserspeier auf der benachbarten Kirche der Oldfield-Grundschule werden lebendig und haben es faustdick hinter den Ohren! Denn diese kleinen Monster haben Super-Kräfte, mit denen sie die coolsten Streiche aushecken können. Und da sind Max und Ben sofort zur Stelle, vor allem wenn es darum geht, den grauen Schulalltag ein wenig aufzupeppen ...

Arena

152 Seiten • Gebunden
Mit herausnehmbarer
Monsterfigur auf dem Cover
ISBN 978-3-401-09767-1
www.arena-verlag.de

Burchett & Vogler

Die Gargolz

Nachts sind alle Monster grau

Man soll die Feste feiern, wie sie fallen: Ob beim besten Sportfest aller Zeiten oder auf der coolsten Mitternachts-Party, die je ein Monster gesehen hat – die Gargolz wissen, was Spaß macht … bis auf den Spinnen rülpsenden, miesepetrigen Bartholomäus. Doch da können Max und Ben helfen. Garantiert!

Arena

144 Seiten • Gebunden
ISBN 978-3-401-09784-8
www.arena-verlag.de

Burchett & Vogler

Die Gargolz

Ein Monster kommt selten allein

Was tun, wenn einem der Dauerregen das Fußballspielen vermasselt? Da helfen nur gute Kontakte, und die haben Max und Ben zum Glück! Denn ihre Freunde, die Gargolz, verfügen über viele Talente: Jacob sorgt für bestes Fußballwetter, aber für Platzregen beim Schulfoto. Ignaz verhilft Max und Ben zum coolsten Vulkan-Experiment der Klasse. Aber ob der singende Severin es schafft, dem Ober-Bösewicht Barry auf der Klassenfahrt das Handwerk zu legen?

Arena

144 Seiten • Gebunden
ISBN 978-3-401-09785-5
www.arena-verlag.de

Burchett & Vogler

Die Gargolz
Gruseln für Anfänger

Max und Ben haben die beste Rolle in der Schultheater-Aufführung ergattert: den bösen Wolf im Märchen Rotkäppchen. Aber wird Ben sich seinen Text merken können? Und ist das Wolfskostüm auch wirklich gruselig genug? Natürlich läuft nichts wie geplant, denn die Gargolz haben wie immer gehörig ihre Finger im Spiel …

Arena

144 Seiten • Gebunden
ISBN 978-3-401-09974-3
www.arena-verlag.de